KB122792

꽃길

꽃길

1쇄 발행일 | 2018년 11월 20일

지은이 | 박재홍
펴낸이 | 정화숙
펴낸곳 | 개미

출판등록 | 제313 – 2001 – 61호 1992. 2. 18
주소 | (04175) 서울시 마포구 마포대로 12, B-108호(마포동, 한신빌딩)
전화 | (02)704 – 2546
팩스 | (02)714 – 2365
E-mail | lily12140@hanmail.net

*이 책은 ⬤ 문화체육관광부 🔲 한국장애인문화예술원 의 장애인 개인 창작활동 지원사업에
  선정되어 사업비를 지원받아 발간되었습니다

꽃길

박재홍 시집

개미

　야생동물이 도로 위에 올라왔다가 치어 사망하는 것이 로드킬이다. 이는 사람에게는 해당하지 않고 사람에게 해당하는 경우는 교통사고라고 부른다. 동물은 즉사하지 않았을 경우 조치를 취하면 생존률이 높아질 수 있지만 그렇지 않으면 반드시 죽는다.

　나에게 있어 詩(시)는 그러하다 낮과 밤을 가리지 않는 데 특히 현실적 측면에서는 더욱 그렇다. 작가의 삶은 인식해도 이미 대응이 늦기 때문에 경제적으로 사고율이 현저하게 높다. 대응을 한다고 해도 詩(시)가 지향점이 다르고 안이든 밖이든 전방에 이미 나름 위험이 도사리고 있다는 사실을 알아채고 있지만, 작가들은 대처하기에 시간이 충분하지 않고, 금번에 발표하는 시집『꽃길』도 조처를 취하지 않으면 반드시 죽는 작품의 생존율이 아니라 교통사고가 되는 것이다.

앞서 말했듯이 로드킬은 동물의 종류를 구분하지 않지만 개체 수나 영역이나 습성의 문제로 특성 種(종)에 빈발할 수 있는 것처럼 詩(시)가 차올라 작품 발표가 빈발할 수가 있다. 하지만 시집을 발표하지 않으면 한해에 발표하는 수많은 시인들이 제대로 교통사고 차량에 짓밟힌다. 결국엔 어떤 생명이든 탄화수소로 이루어져 있다는 것을 느낄 것이다.

가급적 허기지고 헐거운 삶을 배경없이 사랑하고 세상을 향해 온기 가득한 시 한편 내놓는데 주저하지 않고 안전하지 않는 오늘을 사는 문인들이 1쇄를 다 팔아도 1,000만 원이 안되는데도 불구하고 시를 쓰는 나는 그 후로도 기약 없이 글만 쓸 겁니다.

2018년 11월
박재홍

차례

2부
결국 살지도 죽지도 못하게 고통스러운 것을

3부

꽃길을 가다보면 진물이 난 삶이 질척거린다

해설_ 이형권 문학평론가, 충남대 교수

1부

부대끼는 것이 가족이다

꽃 없는 무덤에 핀 민들레

꽃핀을 꽂았네, 봉분도 살아생전 이제껏 한 번도 해준
적이 없었구만
  잠깐 형이 왔다 갔나보다 겨우내 지기로 사시다
  보리처럼 젊어지시려나 보네

  '우리엄니'

막걸리 동산

3월 중순 내려앉아 녹다 말고 멈춘 눈 4·19에 잠깐 살다간 동무 같다는데, 늙은 벚꽃나무 한 그루 전나무에 기대고 싶어 바람을 타는데 술찌개미향 노을이 몸을 사르는 곳

'충남대 서문 쪽 막걸리 동산'에 오늘밤은 어느 도발이가 다녀갈까?

花輪(화륜)

헐거워진 인생을 반추하는 사이 벙긋거리는 것은 마애
불 웃음이 아니다
　장애인 콜택시는 지체되고 있었고, 날 때부터 세상에
버려진 꽃 같은 꿈
　'파르티잔'이 되어 별 부스러기가 되었네

　구르는 바퀴가 움트운 꽃을 지나치자니 움찔하는 바람
에 숨을 쉰다

누나가 서울로 취직하여
올라가기 전날

젠피나무 옆 꽃 흐드러지게 필 때마다 고봉밥이 생각
나 허기가 지던
 박태기꽃에는 숨은 엄니들 이야기가 흐드러지더만

 여린 된장보다 강된장이 든 쑥국에 숨은 바지락 위로
식은 찬밥 한 덩이 말아서
 곰삭은 밴댕이 젓갈에 숭숭 썰어 넣은 다진 매운 청고
추와 붉은 고추 넣고 살짝
 지져놓은 저녁상에서 누구도 꽃을 얘기하지 않았다

가족이 삼삼오오 광장으로 모이고

광화문에서 어둠이 출렁거릴 때 고깃배처럼 점멸하며
촛불이 밝혀지던 날, 진실은 "참의 얼굴"은
슬프다는 것을 배웠습니다

무리지어야 슬픔이 덜하다는 것도 알았고 '거짓'은
꽃이 되어 필 수 없다는 것도 알았습니다

먼 길을 가는데

꽃에서 미늘 하나가 벗겨졌네요 국가대표가 되었다는 김준엽 시인이 느물거리며 눙치는 것이 경북 칠곡의 오색약수처럼 비릿합니다 입으로 운전하는 전동휠체어 전국을 누비며 건네는 맑은 웃음꽃 부풀린 '달무리'가 되었습니다

풍장 치른 팽목항 나비

발등에 잠긴 티눈이 돌에 핀 꽃 같습니다 퇴화를 거듭
하는 팽목항 나비로 사는 풍장 치른 아이들이 머문 허공
에 한 폭의 초충도를 그리고 있습니다 사람들은 아직도
정직하지 않은지 허공을 밟고 밤이면 달빛과 함께 내리
는 이슬 속으로 숨어 해뜨면 사그라지며 매일 서럽습니다

살지도 죽지도 못하는 하루

오뉴월에는 어머니 같고 삼월은 떠나간 여인의 등짝에
어리던 아픈 이별 같은
꽃이 있습니다. 화장기 없는 얼굴에 해살거리는 주름
의 결은 등 돌린
할미꽃 같고

돈 없어 염 못한 서러움처럼 하루가 꿈길처럼 꽃길을
걷습니다

꽃의 이중성

'꽃시'라면 '아' 하는 시인이 있는데 그 제자들은 꽃이 싫다고 합니다 왜냐고 물으니 영감이

꼰대라서 그렇다고 합니다 아니 그렇게 귀중한 시간을 떠나 보냈다고 합니다 하지만 영감만큼 나이가 들어 헌 책방에서 영감의 시집을 만나고 다시 보니 '꽃'이 좋았다고 합니다 그래서 그는 '꽃시'를 쓰지 않게 되었다고 합니다

그럼에도 불구하고 내가 '꽃시'를 쓰겠다고 하니까 '써봐' 하면서 빙글거리며 웃는데 '그려' 하는 내 눈에 비친 그의 넓은 이마에 땀이 돋고 있었습니다

가시엉겅퀴 꽃이
몽돌처럼 보일 때가 있다

    꽃이 바람의 품을 더듬거나 바람이 꽃의 봉긋한 봉오리를 더듬을 때처럼 부서진 어느 정치인이 말하는 침묵의 뿌리는 슬픈 유년에서부터 돋아 허공을 밟고 올라 7월과 8월 사이에 진한 정취의 순정이 되어 곱고 잘게 부서져 바다에 씻긴 몽돌처럼 달을 품은 적이 있는가?

손에 귀신 붙던 날

'절뚝발이' 하고 도망치던 가시내 내가 던진 돌에 맞았
지 깨진 머리에
된장 바르고 찾아와 사과하던 폼이 아련하다

졸다 깬 지금 댓돌 위에 신발이 아득한데, 토방 아래
제비꽃, 민들레, 머위가
기대어 살고 있을 그곳에 어머니가 없고, 밟히는 꿈마
다 지천에 꽃, 꽃, 꽃

절뚝발이 시인은 가난과 무명으로 옷을 지어 입고 도
깨비처럼 웃는다

반상의 꽃

고흥 바닷가에서 천년을 파도를 감고 살다가 어느 귀
인의 손에 들려
백돌과 검은 돌로 태어나 오백 년을 산 은행나무 신목
으로 달이 돋을 때마다
먹줄을 씨줄과 날줄로 틔워 줄을 먹이고 만든 반상이
되었다

천년 고찰 주지에게 보냈더니 놀러 오는 놈들이 욕심
에 눈 먼 놈들이라
매일 요와 순의 비사가 펼쳐지니 수많은 '목숨꽃'들이
하늘거리며 눕더라

분재

뽑아서 아무데나 버려두어도 살아날 겁니다 나의 사랑
은 산과 들 어디서든지 한달음에 피는
　지천의 이름 없는 꽃으로 살지요 뿌리는 이미 시들어
물기를 잃었고, 가끔 상처 난 옹이에 새순이 아까워 나물
로 보시하는 날이면 불콰한 노을에 산능선을 바라보며
막걸리 한 잔에 걸걸한 농 한 소절이면 거저 천국이라고
여겼지요

　돈이 좋아 떠난 친구들을 위해 부르는 욕은 판소리 한
대목보다 찰지고 천지에 가득한
　진저리나도록 서러운 꽃을 피우고자 철사로 형태를 잡
아가기를 수십 년 값은 고통을 즐기는
　놈들의 눈에 매겨집니다

동티 난 팽목항

팽목항에 핀 동백은 동박새가 없어 목을 꺾지를 않지요 혹자는 동티가 났다고 하지요 목울대가 타서 없어지고 그믐밤마다 천도제를 드려도 공이 묻히는 곳이 되었습니다

에밀레종에 몸을 숨긴 비천문 약사여래는 멋모르고 지나다가 소매 깃이
다 젖었구요

사람들은 벚꽃 두어 점 설익어 피고나면 도다리 쑥국 한 그릇이
애도의 아침상의 전부지요 그러다 밤배 뜨는 날이면 눈부신 바다는 칠흑 같은
어둠을 헐고 신발 두어 켤레 형제 자매되어 건져지는데

동티 난 바다 위로 정오면 낯익은 노란 나비 몇 첨 꽃처럼
벙긋거리며 웃습디다

和音(화음)

 라흐마니노프 죽음의 섬처럼 생긴 꽃이다 차는 갑천을
지나 회덕향교를 지나고 있다 흘러간 시간을 반추하여도
보이지 않고 발등 위에 머문 빛이 시간만큼의 조악한 생
명이 되어 헐겁게 오르는 것 전민동 집에 이르렀다

 꽃을 지나치는 사람은 마음에 원융을 그릴 수 없고 나
무 사이에 걸친 달을 보며 거문고 소리에 하염없이 늦여
름 매미 소리에 잡혀있다

석화가 된 어머니

옳고 그름이 분명하고 훤칠한 키에 베틀에 앉아 가족의 옷을 짓고 물때 맞추어 바다에 자맥질을 하던 음순엽 여사님 좋지요? 외조부와는 조우하셨지요? 나의 등은 당신의 등을 닮아가고 있습니다 석화처럼 피어나는 쥐젖을 볼 때마다 물끄러미 건네시던 눈길 속에 절망이 노을을 닮고 있었던 것을 이제야 알겠습니다

바지락을 까며 저녁을 준비하던 어머니의 눈길이 제석산이 아니라 포두 바다를 그리워하며 하늘을 바라보았다는 것을 알게 된 것이 얼마 되지 않습니다 세상은 떠난 것들을 기억하지 않습니다. 불편한 세상을 곧게 바로 펴서 보게된 아들이 모자라 그리움이 하염없을 뿐이지요

기억의 흔적

지린 오줌 자국 같은 천장에 쥐 낯을 본적이 없다 간간
이 수채 구멍 근처에 사체로
　발견되더니 덫은 봄 놓았고, 바람은 마술피리처럼 꽃
비늘을 날려 넌출대는
　초파일 등줄처럼 넌출대다가 미물들을 향해 스님처럼
앉아 계시는
　배롱나무 한 그루

梧軒詩書畫樓

내가 집 한 채 지고 사는데 '오헌시서화루'에 다 담겨
져 있으니
궁극에 빚어진 것이 天地人 三才(천지인 삼재)의 농사다

불운한 시절의 삶이 찬란한 봄을 외면하고 살았고,
墨緣이 가져다 준 신의 선물이 전부였다

가끔 슬픔에 잊혀지는 것들이 있으면 돌에 각을 하여
마음에 새겼고
포대화상처럼 희쭉거리며 병신처럼 꽃인지 시인지 모
르고 전할 때가
가끔 있는데 사람들은 그것을 가슴이 먹먹해 지는 것
이라 해서
미안할 때가 많다 삶이 그러했기 때문에
그러하듯이 나로서도 그러한 것을 막걸리 한 병에 노
을이 붉게
타오르는 것처럼 온몸을 불사를 때가 없어서 그런 것
이 것만 참 할 말이 없다.

팽목항을 끼고 우회전

가끔 하늘을 향해 노려보는 새들이 산다는 소리가 들
려서
찾아간 적이 있다

동티난 절에 죽다만 스님이 걸쳐놓은 육두괘장에
젖멍울만한 홍매 한 첨이 소리를 지르고 있었다

힐끗 본거라 확실하지 않다

2부

결국 살지도 죽지도
못하게 고통스러운 것을

꽃을 즐길 때는 주사가 필수다

취중 주사를 부렸다 술은 두 되를 못 이길 주제라 스스
로 흐드러진 꽃이 되거나 시가 되기도 했다 희다가 푸르
스름해지는 바닷가 달무리 진 바다를 바라보며 앉아서
오줌을 누던 때가 있었나?

풍장을 치러야 배가 들어오고 섣달 열흘은 주색잡기로
두려움을 잊을 값을 치르고 나면 다시 배를 타야 했다 꽃
은 한철 그렇게 왔다 갔다

시는 술꽃처럼 향이 짙은
술빵처럼 허기를 메운다

9살에 쓴 한 편의 시에 작은 아버지는 '형님 집안에 문사가 날 모양이요' 하시더니 동네에 막걸리 추렴이 벌어졌다 해는 뉘엿이 넘어가고 동네에 불콰한 노을과 술 냄새는 아직도 실루엣처럼 신비한 기억, 시는 그러한 것이라고 알았다.

畵道(화도)

꽃들도 몸을 엉키고 어깨를 기대며 바람을 지치는데 아침상을 받으며 묵묵하게 밥을 소리없이 먹어야 한다고 배웠다 질문을 한 적이 없고 물어온 질문에 밝게 웃으며 건네본 적이 없다

처음 웃음이 '꽃같다' 라고 생각한 것이 송강사로 다녀오는 길에서 우연히 아버지를 만났다 환하게 웃으며 자전거를 세우더니 돈 오천 원을 주시며 가셨다 포대화상의 얼굴이 스쳤다

요양병원에 누워 계신 아버지가 나를 보더니 벌떡 일어나시며 "재홍이 따라 갈란다" 할 때 아버지를 두고 나올 때 울지도 웃지도 못하는 포대화상의 취한 얼굴이 생각났다

물들이지 않은 손톱은 언제나 엉거주춤 울지도 웃지도 못하는 꽃길 같다

동아 오피스텔 앞에 제비꽃

살아온 날수가 살아갈 날수보다 적은 날 후불탱화처럼
꽃이 피었습니다 의미와 유의미에 따라 희생양이 되고
유리되어 떠나는 양이 될 것입니다

기루는 죄는 관념이 되기보다 실형을 살았습니다 실형
을 살고나서도
무의미했습니다 그러자 발치 끝에서 큰 기침소리가 나
내려다보니

제비꽃 한 송이 서럽게 웃습니다

풀씨

몸을 부리는 법을 배우기 시작했어요 속으로 일으키는
기운을 향해
깨어 있다가 몸을 얹습니다 기류를 타고 풀섶에 앉아

구름이 모이고 비가 되어 내리고 온 땅의 형상이 갖춰
질 때까지의
기다림으로 향해 있어야 비로소 당신을 향한 한 송이
꽃이 틔워지는
참 쉬운 사랑이 되고자 하는 마음을 배우고 있어요

조경

어느 천년에 짊어진 짐을 부릴지 모르지만 계족산에
꺼진 산불처럼 마음이 그러할 때
유성 두드림 공연장 옆을 휠체어로 지나친다

생기 없는 꽃들이 매일 소독을 받고 인공감미료 같은
물에 얼굴을 씻기어야 비로소 무리지어 바람을 지치고

나도 모르게 슬픈 화장을 하고 나도 넌출거린다

민들레

미련한 마음 그늘 하나 뚝 떼어 내놓으니 어머니 무덤
이 햇살과 바람
　향기로 어우러집니다 꼭 찍어 밝히기 어렵지만 헐거운
몸을
　만들기로 준비합니다

　살아온 날수만큼 베어온 심장이라 80 성상을 홀씨로
찾아 떠날 준비라 하여도
　뭐 특별하게 준비할 필요가 없습니다

　덤불 뒤집어 쓴 발등 위에 허물 벗어놓고 공중에 밟고
오르는 포자일 뿐

탑

남산을 깔고 앉아 배시시 웃는 꽃 같은 탑, 이끼를 몸에 두른 용장골의 삼층탑 발길 아래

풍장 치른 뼈가 통소가 되어 매달려 울더니 올해는 은방울꽃이 되어 남산을 기단 삼아

용장사지삼층탑과 같이 앉아 있습디다

그게 참 묘한 것이 세상에서 제일 높은 탑이지요

아버지와 어머니의 인연이 내게 있어
꽃처럼 헐거웠다

지는 꽃을 밟고 피는 청죽이 피 뚝뚝 지는데도
온전하게 쓸쓸하지 않는가라고 묻는다면

'계시록 같은 것이다' 라고 말할 수 있습니다

봉분을 넘는 바람 깃에 닿는 겨울 풀잎 쓰다듬는 같은
것일 것이다 잠깐 봄일 때 저 멀리서 아지랑이처럼 피
어오르며
다가서고 있는 두 분

가끔 갑천을 우로 끼고 돌고 있었다

하루는 냉골처럼 밀려오는 현실이
아이의 안부가 걱정되고,

하루는 걸어온 길이 허망하여
벼랑 앞에서 한 발짝 허공을 밟다가 멈추고

하루는 반추하는 시간의 회한이 들어
비늘을 털어내는 몸이

카이스트 앞에 흩날리던 마음이 만난
봄처럼 생각되네

몸짓하는 것들은 다 넌출거린다

곁눈질 살짝 어깨 들썩 힐끔거리는
애기똥풀 발길질에 허공을 밟고 올라
밝히는 새벽별,

들입다 부는 바람에 가슴을 내어놓으며
길을 내던 보리밭

기름진 시작은 없고 끝이 없는 길은 아직 더뎌도
길모퉁이 돌면 습관처럼 생각이 나는
보성에 다원을 찾아 떠나는 초여름을 기다린다

겨울을 넘기거나 봄을 향하거나
그렇다 사는 일들이

기러기 발자국 셋
동강 할미꽃
웃음이 되었네

늦은 저녁 해풍에
날리는 머리칼
춘란의 새초롬에
배어진 치맛단
사이에 배인 노을

스님 기침하셨습니까?

물리치료를 받고
일어서다 흔들거릴 때

비틀거리다 알았다

뿌리를 내려도 흔들릴 수
있다고

세상이 예뻤으면 하는
생각을 하게 되자

접촉사고 후 정직한 젊음에
미토가 되고 싶어졌다

성숙한 인연

잠시 적막이 익숙하였네
선수 가는 길
갈대가 숨죽여 달의
시심을 지키며 가끔씩
여울처럼 흔들렀다
물길처럼

바다가 부풀은 달처럼 결 고은
파도를 일으켰고
나는 온몸이 처음처럼 흔들리고 있었네

퇴근길

집을 내어놓자 햇살이 절실했네

뒤척이는 새벽을 두고 들어가는데 나무 깃에
걸린 달이 곧 나였네

마루 기둥에 매달려서 감을 더듬는 손에,
유년의 체온이 따스했네

살폿한 마음 한 켠이
들춰져 있었네

색다른 관념의 이성

본체를 둘러싼 변형된 잎들이 자본주의가 영양기관이
다

수분을 하는 곤충들이 몰려들 즈음
계절은 심피와 분리된 여러 개의 열매를 매달고
사람들은 향과 색에 반응 중이다 하지만
꽃은 여자가 아니다 그렇다고 남자도 아니다

처음부터 雌雄同體(자웅동체)였다

반추하여 돌이키는
자본주의의 습벽

유년은 충매화 같아서 벌레들을 불러들여 꽃가루를 잔뜩 나누어
   날려 보낸다 꿀샘이 깊을 것 같다는 생각이 들었다

나는 장애를 앓고 더펄새처럼 사랑에 대하여 며칠 굶고 갈고리 모양의 부리로
   물고기를 채면 놓아주지 않는 것처럼 집착하였다

더불어 먹이를 통째로 삼키는 습성 때문에 혀가 퇴화해 없고 콧구멍이 없어
   잠수를 오래한다 결국 나르시즘이 강하여 사랑에 서툴렀다

나는 자본주의의 가마우지다 손금처럼 숨겨진 현실을 보면 그다지
   낯설지 않은 것이 숨은 가마우지 낚시를 보는 것 같아 서글프다

"자본주의는 정치인들을 고용해 잠언 같은 행위의 시를 만들 수 있을까?" 라고 묻고 있다

입에 불리던 주소

누이가 살짝 아버지 몰래 들어옵니다

봄은 뉘엿하게 노을 안에 익어가구요
눈치 없는 독구는 낑낑대며 꼬리치다
늦게 온 누나 꼬리가 밟혔습니다

정제문 안으로 가득한 연기에
쿨럭거리는 누나와
가마솥에 밥물 넘치는 냄새가 허기진
하루 산그늘이 되어 내려옵니다

홍교동 285번지는 지워지지도 않습니다

팽목항을 떠나지 못하는 사람들

바람개비를 보면 휠체어를 버리고 뛰고 싶습니다

팽목항에 살고 있는 바람은
입술을 깨물고 허공을 지치지 않고

가슴을 쓸어안고 온기를 찾는 부모들의 눈길에는
어머님의 등이 보였습니다
행성처럼 자신을 태워 활활 타오르는
그리움이 있었습니다

분노의 발화점이 있었습니다

중천

밝힌 마음이야 봄날의 꽃만은 아녀도 어머니 보낸 마음이 밤배처럼
환한 등불이 되어 무덤을 지키고 싶지만 어느덧 그 나이를 먹고서
아이를 지키는 아비의 마음이 되었을 때

세상은 포구를 돌아서는 등 위로
바람의 손바닥이 찰싹하고 닿는
느낌이 든다고

어머니는 그저 중천의 비로 나리고 있다고 합디다

3부

꽃길을 가다보면
진물이 난 삶이 질척거린다

괭이

주인을 기다리지 않는 빈 배를 보면 떠난 인연처럼 혹은 계절의 꽃처럼

잦아들고 바람이 밀치면 활처럼 휘어 안기는 품이 사랑많은 날의 휘모리

바람처럼 공중제비를 도는데 대궁 속을 지나는 큰 바람이

부르르 떨며 지리산 실상사 인근의 매운 생강꽃이 알려준 인생 같아서

안지도 밀치지도 못하고 화석처럼 자웅동체가 되었습니다

산책

새벽녘에 이르러 홍건한 땀으로 차 있는 꿈길을 걷다
저녁 허기를
　일당해장국 한 그릇으로 메웠는데도 헛헛하다 속이

　낮에 지나친 홍매에 미련이 남아 어둑해진 사무실을
나서 찾아가니
　보슬하게 비 내리다 그쳤나보다 주변의 데크에 물이
웅덩이졌다

　봉명동에서 소소한 일상이 그리는 물그림자 같은 사치
'소요유'
　바람 슬쩍 지나는 것도 감사하다

화농이 졌네

검은 나무 등에 박힌 옹이 사이에 살아도 향을 팔지 않
았다

괭이 박힌 손이 말랑해지도록
절박함에도 꼼수 부린 적도 없다

비탈에 서서 하루를 산다는 것은
꽃이 되는 허망한 경험이다

병을 앓고 산다는 "찰라"

나비 잠깐 놀다 홀연 사라졌다

혈압이 128에 83을 가리키고 깊은 잠에 들었다 길섶
에 미련처럼 진 꽃비늘을 밟고
선몽처럼 찾아온 어머니가 아직 통증에 익숙지 않은
나에게
물끄러미 건네는 웃음이 해질녘 어스름처럼 잠깐 따듯
하다

"항문이 열리고 물이 흐르면 그냥 현실이 닫히는겨"
연극계 원로 최문휘 선생님이
그러셨다 나도 동의한다 밤마다 웃는 연습하는 문용덕
시인의 찰라도 그러했다.

아림이 무덤에 매화 심던 날

    길 위에서 모딜리아니 그림을 봤다 목 길게 내어 민, 햇살에 영글어

    웃음이 다가오는데 느리다 앉았던 나비에게 들켰다

    사랑은 바람을 등지고 서면 안 된다 발등을 덮은 모래 톱에

    그림자에 놀란 나비는 허공을 밟고 오르네

비영리

번진 달이 여래의 웃음인지
족적인지 아는 이
달맞으러 나온 꽃 같아서

가슴 데운 이야기에 숨은
귀 쫑긋한 노루 한 마리
봉명동 유성현대리조텔 앞에
포켓몬스터처럼
서성인다

2018년 대전시장 선거

그리하여 참으로 참담한 심정을 삭히는데
녹녹치 않았을 진실의 함구다

구름이 모여 비를 내리고 만물이 제자리를 찾는
오늘은 진실의 민낯이다

지루한 슬픔들이 한 소쿰의 희망에
울음을 멈췄으면 좋겠다

5 · 18 기념식이 중개방송되었다

흥얼거리는 가요 같은 시가
절절하게 허공을 밟고
내려선다

개화한 벚꽃을 보며 지난해 까치밥 같은 계절을
되돌아보자 보리 흉년에 문둥이처럼 웃는다

꽃이 비에 뭉그러져도 향이 그윽하다

얼굴 하나 지울 때마다
선몽처럼 꽃이 돋네

고향 마을 어귀에
살구꽃 향기는 어머니 냄새

잔상

"일어서지 마라 내가 헐란다" 하시던 어머니 대신 성질 급한 내가

곤붕장어 다듬던 손등을 다쳐 여덟 바늘을 꼼매고 돌아오는 길처럼

다가오는 1주기에는 분당 메릴랜드 꼭대기 한 켠에
형님 옆에서 잘 계시는 거 압니다 풀쩍 돋는 홀씨가
어지럽게 공중을 선회하고 지나는데
사고무친 하루가 꽃의 잔영처럼 서럽습니다

아비의 등

유실수 심던 날 담배를 끊고
목욕을 하고 나온 등을 봤습니다

소금을 뿌린 염전처럼 허물이
내려앉아도 꽃비늘처럼
촉촉합니다

노동은 스스로 싸울 줄 알아야 한다는 것을
알게 되었습니다

국가가 책임지지 않는 나라에서는
더욱 그러합니다

소풍

탈탈 털은 돈이 김밥 두 줄에 떡 세 종류를 사서 충남대학교 인문대학
건너편에 벚꽃 나무 아래로 소풍 갔습니다

짧게는 서럽고 길게는 행복했고, 사람구경 잘했습니다
봄은 시절의 뒤꼍에서도
희망이었습니다

어느 파르티잔의 봄

공중에 드리운 혀로 바람을 살짝 핥으면 파란 하늘의
비늘 하나가 혹은 둘이
혹은 셋이 그러다 비가 되어 날립니다

벗겨진 꿈들이 농묵처럼 번지며 여백을 채울 때
한 사람이 그립고 사무쳐서 가슴 한 켠을 쓰다듬고
팔을 베고 새근거리고 잠들어 있습니다

삼엄한 시절의 봄도 대치 중에도 파르티잔을 잠들게
하는 물결 같습니다

문인화의 여백

어스름 새벽이 꿈틀거릴 때 먹을 갈고 있었습니다 서
녘으로 기우는 달빛에
타닥거리는 앙상한 가지가 시린 통소 소리 같고, 여문
홍매 멍울이 터지는지
어지러운 향이 짓쳐들고 있었습니다

묶어둔 배를 밀듯이 삿대를 훑고 지나지만 자국 없는
상처는
살아갈 날을 위한 변명, 세상은 조금은 더디
가는 게 좋은 것 같습니다

꽃물

꽃물진 자리에 첫사랑이 머문다 어느덧 장독대 한 켠에 핀 봉숭아를 쳐다보며 물들이지 못하는 엄마의 마음을 시로 처음 쓴 것처럼 배우던 때가 있었다

한소쿰 쏟아진 소낙비를 비키며 발치 끝에 무지개 피듯이 흙투성이 꽃의 웃음을 보았다 누나가 연탄불 위에 뎁히던 겨울날의 세숫물처럼 따듯했다

동구 밖 엄마를 찾는 아이의 웃음이 차라리 낳은 하루 켜켜이 뒤지는 아버지의 그늘 "잘 계시겠지?"

목발은 그렇게 만들어졌다

"뭘하면서 살래?" 하고 묻는 아버지에게 어떻게 살 것인지를 설명하고 있었다 아버지는 속이 타는지 연거푸 막걸리 두 잔을 벌컥거리며 마셨고, 나는 추녀 아래 제비집을 쳐다보고 있었다

내 손에는 막스와 베버 형이상학이론집이 손때를 타 번들거리고 아버지는 세상을 향한 아들에게 다리를 만들기 위해 나왕나무를 구해왔고, 있는 연장을 마다하고 새로이 연장을 만들고 나무를 말리고 불에 구워 옻칠을 하여 비로소 세상에 하나밖에 없는 목발을 만들었다

열네 살에 만든 목발을 쉰이 된 지금까지 짚고 다닌 것을 보면 그날의 대화가 선현하다 요양원에 있는 아버지의 숨결이 느껴지는 것은 참으로 설명할 길이 없는 정이다

'꽃'을 그리는 예인의 길

어스름 새벽이 꿈틀거릴 때 먹을 갈고 있었습니다 서녘으로 기우는 달빛에 타닥거리는 앙상한 가지가 시린 퉁소 소리같고, 여문 홍매 멍울이 터지는지 어지러운 향이 짓쳐들고 있었습니다. ― 박재홍, 「문인화의 여백」에서

1. 꽃길의 풍경 속으로

이 시집을 열면, 멀리 이런저런 이름의 "꽃"들이 즐비하게 피어 있고, 그곳을 향하는 굴곡지고 기나긴 "길"이 이어져 있다. 박재홍 시인은 언제부턴가 그 "꽃길"을 향한 발걸음을 쉬지 않고 부지런히 내딛고 있었던 것으로 보인다. 시인의 눈길은 항상 "꽃"을 향해 열려있고, 시인의 발길은 항상 "꽃"을 향해 나가고, 시인의 언어는 오직 "꽃"을 향한 열망으로 가득 채워져 있다. 시인이 이토록 열망하는 "꽃"은 과연 무엇인가? 그것은 단지 아름다움의 표상이라거나 심미적 대상이라는 안이한 해석을 거부

한다. 이 시집에서 "꽃"은 복합적인 여러 가지 의미의 층위를 지니고 있다. 때로는 심미적 이상을 표상하기도 하고, 때로는 인생의 진실과 관련되는 것이기도 하고, 혹은 사회적 정의의 문제와 결부되기도 한다. 물론 이러한 층위들이 때로는 중첩되면서 두터운 의미맥락을 구성하기도 한다.

그동안 동서고금의 많은 시인들이 꽃을 노래해 왔다. 김수영은 "꽃을 주세요 우리의 고뇌(苦惱)를 위해서/ 꽃을 주세요 뜻밖의 일을 위해서/ 꽃을 주세요 아까와는 다른 시간을 위해서"(「꽃잎 2」 부분) "꽃"을 노래했다. 그는 부조리한 현실의 새롭게 하는 혁명적 인식과 실천을 위해 "꽃"을 갈망했다. 이에 비해 김춘수는 "우리들은 모두/ 무엇이 되고 싶다./ 너는 나에게 나는 너에게/ 잊혀지지 않는 하나의 의미가 되고 싶다."(김춘수의 「꽃」 부분)고 하여 유의미한 존재가 되고 싶은 소망을 "꽃"으로 노래했다. 이 시편들 이전에 김영랑은 "모란이 피기까지는 나는 아직 기다리고 있을 테요/ 찬란한 슬픔의 봄을"(「모란이 피기까지는」 부분)에서처럼 "모란"이라는 구체적인 꽃을 노래하면서 심미적 세계를 향한 소망을 노래하기도 했다. 이처럼 우리 시에서 "꽃"은 혁명이나 존재의 의미, 심미적 세계와 같은 삶의 소중한 가치를 위해 시적 대상으로 간취되어 왔다.

다시, 박재홍 시인이 "꽃"을 노래하고 있다. 이 시집의 시편들은 "꽃"을 그리는 예인(藝人)의 길가기에 대한 서정적 보고서이다. 이때 그린다는 것은 두 가지의 의미를 중의적으로 간직한다. 하나는 꽃의 형상을 그리다(draw)는 의미이고, 다른 하나는 꽃의 존재를 그리다(miss)는 의미이다. "꽃"을 그린다는 것은 예술가로서 자신의 관념이나 생각에 구체적인 형상을 부여하는 행위이다. 박재홍 시인이 시를 쓰거나 목각을 하거나 서화를 그리는 일이 모두 여기에 해당한다. 다양한 예술 분야에 재능을 가지고 있는 그가 하는 일체의 예술 행위는 모두 그리는 것이라 할 수 있다. 또한 "꽃"에 대한 열망은 일종의 이상세계를 향한 적극적인 지향을 의미한다. 그것은 예인으로서의 예술적 이상일 수도, 한 인간으로서의 속악한 세상에서의 진실일 수도 있다. 따라서 "꽃"을 그리는 행위는 박재홍 시인이 명작을 만들기 위한 시 쓰기 혹은 아름다운 세상을 만들기 위한 사회 활동과 다르지 않다.

2. 자아 성찰과 가족 공동체의 꽃

이 시대에 시인이 시를 쓴다는 것은 무엇인가? 이 시집은 시인으로서의 성찰적 인식을 담고 있는 이 곤궁한 질문으로부터 시작한다. 물질만능주의라는 말조차 비판적 기능을 상실한 이 시대는 인간의 정신적 가치마저 상업자본주의적 기준으로 재단하고 있다. 인간 정신이나 영혼의 세계, 그리고 시심마저도 이미 자본주의의 시스템에 편입되어 버린 듯하다. 역대 정권들마다 모든 가치의 중심에 경제를 두고 이른바 경제제일주의를 내세우고 있다. 사람들도 인간을 인간답게 하는 문화예술이나 정신적 가치에 대해서는 별반 관심이 없다. 시인이나 예술가들은 우리 사회에서 소외된 타자에 불과한 존재가 되어 버렸다.

그래서 박재홍 시인이 서문에서 "문화예술로 생업에 종사하다 로드킬을 당한 아니 정책적 인위적 생태계의 교통사고를 당한 문인을 비롯한 수많은 살아 있는 문인·예술가들의 슬픔"에 관심을 갖는 것은 자연스럽다. 이를테면 "장애인 콜택시는 지체되고 있었고, 날 때부터 세상에 버려진 꽃"으로 소외되어 살았다는 고백은 그런 현실을 상징한다. 박 시인의 시는 이처럼 "버려진 꽃"에 삶의 생기를 부여하여 다시 아름다운 꽃으로 태어나려는 의지와 함께 한다.

박재홍 시인의 "꽃"을 매개로 한 상상과 사유는 그 진폭이 크다. "꽃"은 시적 이상이나 심미적 이상, 실존이나 삶의 희망, 혹은 진실한 사랑 등을 다양하게 표상한다. 이들 가운데 시적인 이상으로서의 "꽃"이 어떤 형상으로 피어나는지 먼저 살펴본다.

'꽃시'라면 '아' 하는 시인이 있는데 그 제자들은 꽃이 싫
다고 합니다 왜냐고 물으니 영감이

꼰대라서 그렇다고 합니다 아니 그렇게 귀중한 시간을 떠
나 보냈다고 합니다 하지만 영감만큼 나이가 들어 헌책방에
서 영감의 시집을 만나고 다시 보니 '꽃'이 좋았다고 합니다
그래서 그는 '꽃시'를 쓰지 않게 되었다고 합니다

그럼에도 불구하고 내가 '꽃시'를 쓰겠다고 하니까 '써
봐' 하면서 빙글거리며 웃는데 '그려' 하는 내 눈에 비친 그
의 넓은 이마에 땀이 돋고 있었습니다
　　　—「꽃의 이중성」 전문

이 시에서 "꽃시"는 꽃을 노래하는 시라는 의미와 이
상적인 시라는 의미가 모두 성립된다. 아름다움의 표상
인 꽃을 노래함으로써 심미적인 세계를 창조할 수 있다
면 그보다 더 시적인 일은 없을 것이다. 그동안 그러한
"꽃시"를 써온 어떤 "시인이 있는데", 처음에는 그 "제자
들은 꽃이 싫다고" 했다고 한다. 그 이유는 "영감이 꼰대
라서" 그렇다는 것이다. 그런데 세월이 지난 뒤에 "제자
들이" 그의 "시집을 만나고 다시 보니 '꽃'이 좋았다고"
했다고 한다. 이러한 사연 때문에 그 시인은 "'꽃시'를
쓰지 않게 되었다"는 것이다. 이 에피소드는 시의 정체
성과 관련하여 시와 시인의 삶은 반드시 일치하는 것은

아니라는 인식을 암시한다. 시를 향식론 내지는 객관론의 차원에서 인식하고 있는 것이다. 그가 비록 "꼰대" 같이 고루한 인간일지라도 시적인 아름다움을 창조할 수 있다고 보는 것이다. 그 시인의 이런 생각은 "내가 '꽃시'를 쓰겠다"고 하니까 아무런 망설임도 없이 선뜻 "써봐"라고 대답을 하는 데서도 드러난다. "꽃시"를 쓰는 일을 자신만의 독점적인 것으로 생각하지 않고 누구나 가능하다고 보는 것이다. 그 시인이 사는 일과 쓰는 일, 즉 삶과 시가 모순될 수도 있다는 점을 "꽃의 이중성"으로 표현한 것이다. 이는 시인이란 완전한 존재가 아니라 완전을 추구하는 미완의 존재라는 정직한 인식의 결과이다. 정직은 진실과 아주 가까운 것이니 이런 인식은 소중하다.

한편 "꽃"은 영혼의 결핍감을 달래주는 존재로 나타나기도 한다. 가령 "9살에 쓴 한 편의 시에 작은 아버지는 '형님 집안에 문사가 날 모양이요' 하시더니 동네에 막걸리 추렴이 벌어졌다 해는 뉘엿이 넘어가고 동네에 불콰한 노을과 술 냄새는 아직도 실루엣처럼 신비한 기억, 시는 그러한 것이라고 알았다."(「시는 술꽃처럼 향이 짙은 술빵처럼 허기를 메운다」 전문)는 시를 보자. "시는 술꽃"과 같은 것으로서 허전한 사람들의 영혼의 "허기를 메운다"는 사실을 깨달았다는 이야기다. "9살에 쓴 한 편의 시"에서 비롯된 동네 사람들의 술잔치는 그러한 사실에 대한 용인의 증표이다. 그것은 마치 "졸다 깬 지금 댓돌 위에 신발이 아득한데, 토방 아래 제비꽃, 민들레 머위가/ 기대어 살고 있을 그곳에 어머니가 없고, 밟히는 꿈마다 지천에 꽃, 꽃, 꽃// 절뚝발이 시인은 가난과 무명으로 옷을 지어 입고 도깨비처럼 웃는다."(「손에 귀신 붙던 날」 부분)고 할 때의 "꽃"도 마찬가지다. 의지할 "어머니가 없"는 상황 속에서도 "꿈마다 지천이 꽃"들이 만개한 것은 "꽃"이 인간 영혼을 위무해 주는 존재임을 의미한다. 그 위무의 힘으로 "절뚝발이 시인은 가난과 무명의 옷을 지어 입"고도 "도깨비처럼 웃"을 수 있는 것이다.

박재홍 시인의 성찰적 인식의 또 다른 통로는 가족이다. 그는 아버지, 어머니, 누이 등과 같은 가족에 관한 기억을 통해 자신의 삶을 성찰한다. 그것은 "장독대 한 켠에 핀 봉숭아를 쳐다보며 물들이지 못하는 엄마의 마음을 시로 처음 쓴 것처럼 배우던 때가 있었다"는 기억, "누나가 연탄불 위에 뎁히던 겨울날의 세숫물처럼 따뜻했다"는 기억, "아버지의 그늘"(「꽃물」 부분)에 대한 기억과 관련된다. 가족은 혈연 공동체일 뿐만 아니라 정서 공동체이면서 기억의 공동체라는 점에서 자연스러운 시적 대상이 된 것이다. 그 기억의 구체적 형상 가운데 아버지는 이렇게 등장한다.

꽃들도 몸을 엉키고 어깨를 기대며 바람을 지치는데 아침

상을 받으며 묵묵하게 밥을 소리없이 먹어야·한다고 배웠다
질문을 한 적이 없고 물어온 질문에 밝게 웃으며 건네본 적
이 없다

　처음 웃음이 '꽃같다' 라고 생각한 것이 송강사로 다녀오
는 길에서 우연히 아버지를 만났다 환하게 웃으며 자전거를
세우더니 돈 오천 원을 주시며 가셨다 포대화상의 얼굴이
스쳤다

　요양병원에 누워 계신 아버지가 나를 보더니 벌떡 일어나
시며 "재홍이 따라 갈란다"할 때 아버지를 두고 나올 때 울
지도 웃지도 못하는 포대화상의 취한 얼굴이 생각났다

　물들이지 않은 손톱은 언제나 엉거주춤 울지도 웃지도 못
하는 꽃길 같다
　　―「畵道(화도)」 전문

이 시에 등장하는 "아버지"는 과묵하고 엄숙한 성격을
지녔던 것으로 보인다. 첫 번째 연에서 아버지와 함께 아
침 식사를 하는 분위기가 그러한 "아버지"의 성격을 암
시해 준다. "나"가 기억하는 "아버지"는 식사를 할 때는
"묵묵하게 밥을 소리 없이 먹어야 한다"고 가르치고, 자
식들과 대화도 없어서 "질문을 한 적이 없고 물어온 질

문에 밝게 웃으며 건네 본적이 없다"는 것으로 요약된다. 그런데 "나"는 그처럼 무뚝뚝한 "아버지"에게서 "꽃"과 같은 "웃음"을 발견한 적이 있다는 사실을 떠올려 본다. "나"는 "아버지"를 "송강사로 다녀오는 길에서 우연히 만났"던 것인데, "환하게 웃으며" "돈 오천 원을 주시"던 기억을 떠올린 것이다. 그때 "아버지"의 자식을 사랑하는 마음으로 웃는 모습에서 복과 웃음을 나누어주는 "포대화상(布袋和尙)"의 얼굴을 떠올렸다. 그런데 그러한 "아버지"가 지은 "요양병원"에 누워서 외롭게 살아가고 있다. "요양병원"의 "아버지"를 방문하고 돌아서려는데 "나 재홍이 따라갈란다"고 하여 "나"는 가슴이 먹먹한 느낌이다. 그런 "아버지"를 "요양병원"에 두고 나오면서 "나"는 "울지도 웃지도 못하는 포대화상의 취한 얼굴이 생각났다"고 한다. 생생한 꽃과 같았던 아버지가 어느덧 시든 꽃처럼 늙어 있는데 대한 안타까운 심정을 이렇게 표현한 것이다.

아버지와 함께 어머니와 누이도 시인의 시적 서정을 불러일으키는 존재이다. 어머니는 이미 돌아가셨지만 시인의 마음속에 여전히 살아 존재한다. 즉 "꽃핀을 꽂았네, 봉분도 살아생전 이제껏 한 번도 해준 적이 없었구만 / 잠깐 형이 왔다 갔나보다 겨우내 지기로 사시다/ 보리처럼 젊어 지시려나보네// '우리 엄니'"(「꽃 없는 무덤에 핀 민들레」 전문)라고 노래한다. "무덤에 핀 민들레"꽃을 어머니의 "꽃핀"이라고 하여 아직 여성으로서의 아름다움을 간직하고 있는 모습으로 그리고 있다. 또한 누이는 애잔한 이미지로 그려진다. 즉 "여린 된장보다 강된장이 든 쑥국에 숨은 바지락 위로 식은 찬밥 한 덩이 말아서/ 곰삭은 밴댕이 젓갈에 숭숭 썰어 넣은 다진 매운 청고추와 붉은 고추 넣고 살짝/ 지져놓은 저녁상에서 누구도 꽃을 얘기하지 않았다(「누나가 서울로 취직하여 올라가기 전날」 부분)"는 시구가 그렇다. 가족들이 모두 모여 소박한 저녁밥을 먹으면서 "누구도 꽃을 얘기하지 않았다"고 한다. "누이"가 내일이면 "서울로 취직하여 올라가기" 때문이다. 농촌 공동체에서 끈끈한 정을 나누다가 헤어지면서 느끼는 허전함을 "꽃" 이야기를 하지 않는 것으로 표현하고 있다. 이때 "꽃"은 가족공동체의 슬픔을 상징한다.

"꽃"은 다른 한편으로 사랑이나 실존적 삶의 가치를 상징하기도 한다. 꽃이 사랑을 표상하는 것은 만남의 아름다움과 합일성의 전형이기 때문이다. 또한 꽃이 실존을 표상하는 것은 각각의 꽃들이 저 홀로 피어나는 속성이 단독자의 모습과 닮았기 때문이다.

몸을 부리는 법을 배우기 시작했어요 속으로 일으키는 기운을 향해
깨어 있다가 몸을 얹습니다 기류를 타고 풀섶에 앉아

구름이 모이고 비가 되어 내리고 온 땅의 형상이 갖춰질
때까지의

기다림으로 향해 있어야 비로소 당신을 향한 한 송이 꽃
이 틔워지는

참 쉬운 사랑이 되고자 하는 마음을 배우고 있어요
　　─「풀씨」전문

라흐마니노프 죽음의 섬처럼 생긴 꽃이다 차는 갑천을 지
나 회덕향교를 지나고 있다 흘러간 시간을 반추하여도 보이
지 않고 발등 위에 머문 빛이 시간만큼의 조악한 생명이 되
어 헐겁게 오르는 것 전민동 집에 이르렀다

꽃을 지나치는 사람은 마음에 원융을 그릴 수 없고 나무
사이에 걸친 달을 보며 거문고 소리에 하염없이 늦여름 매
미 소리에 잡혀있다
　　─「和音(화음)」전문

앞의 시에서 "당신을 향한 한 송이 꽃"은 "참 쉬운 사
랑"을 비유한다. 그런데 시인은 왜 "풀씨"가 "꽃"으로 태
어나는 과정과 유사한 사랑에 대해 "참 쉬운 사랑"이라
고 부르고 있을까? 왜 "구름이 모이고 비가 되어 내리고
온 땅의 형상이 갖춰질 때까지의/ 기다림"을 거쳐 피어
나는 "꽃"과 같은 사랑을 "참 쉬운 사랑"이라고 한 것일

까? 보통 "쉬운 사랑"이라는 것은 긍정적인 의미보다는 부정적인 의미를 띠기 마련이다. 그러나 이 시에서 "쉬운 사랑"은 그런 의미라기보다는 자연스러운 사랑을 의미하는 것으로 읽어야 할 듯하다. 하나의 "풀씨"가 자연의 이법을 거쳐서 "꽃"이 되는 것처럼, 사랑도 인위적인 과정보다는 자연스러운 과정을 거쳐 이루어지는 것이라고 본 것이다. 또한 뒤의 시에서 핵심시구에 해당하는 "라흐마니노프 죽음의 섬처럼 생긴 꽃"은 죽음을 맞서는 용기로서의 "꽃"이다. 시에 등장하는 러시아의 작곡가 "라흐마니노프"의 "죽음의 섬"이라는 교향곡의 내용을 미루어 볼 때 그렇다. 이러한 "꽃을 지나치는 사람은 원융을 그릴 수 없"다는 것은 죽음의 세계에 저항하는 자만이 생명의 "원융"에 도달할 수 있다는 의미이다. 이렇듯 "꽃"은 시인이 지향하는 자연스러운 사랑이나 죽음을 넘어서는 삶의 용기를 표상기도 한다.

3. 비극적 세계와 자본주의 비판의 꽃

이 시집에서 "꽃"의 의미는 크게 두 가지로 부분된다. 하나가 시인 자신의 정체성이나 실존과 관련된 것이라면, 다른 하나는 우리 공동체의 문제적 부면을 비판하려는 사회적 상상력과 관련된 것이다. 박재홍 시인은 한 시인으로 뿐만 아니라 한 국민으로서 사회 공동체의 불합리하고 부조리한 국면에 대해 비판적 인식을 적극적으로 실천한다. 사실 우리 사회는 아직도 성숙한 공동체를 만드는 데 방해가 되는 많은 문제점들이 도사리고 있다. 특히 국가가 마땅히 해야 할 일들 가운데 무관심하게 방기되고 있는 것들이 적지 않다. 최근에 불거진 이슈만 해도 빈부 격차를 해소하기 위한 정책의 부재, 문화예술의 중흥을 위한 아이디어 부족, 장애인이나 소수자들을 위한 지원, 국민들의 안전에 대한 책임 부재, 정상적인 국가를 불가능하게 하는 적폐 등에서 많은 문제점들을 드러내고 있다. 이들 가운데 이 시집에서 가장 빈도 높게 다루고 있는 것은 세월호의 비극과 관련된 무능력하고 무책임한 국가의 문제이다.

팽목항에 핀 동백은 동박새가 없어 목을 꺾지를 않지요
혹자는 동티가 났다고 하지요 목울대가 타서 없어지고
그믐밤마다 천도제를 드려도 공이 묻히는 곳이 되었습니다

에밀레종에 몸을 숨긴 비천문 약사여래는 멋모르고 지나다가 소매 깃이
다 젖었구요

사람들은 벚꽃 두어 점 설익어 피고나면 도다리 쑥국 한

그릇이

　애도의 아침상의 전부지요 그러다 밤배 뜨는 날이면 눈부
신 바다는 칠흑 같은

　어둠을 헐고 신발 두어 켤레 형제 자매되어 건져지는데

　동티 난 바다 위로 정오면 낯익은 노란 나비 몇 첨 꽃처럼
벙긋거리며 웃습디다

　　　　　　　　　　　　　　　　　—「동티 난 팽목항」 전문

　이 시에서 다루고 있는 세월호의 비극은 많은 문화 예
술인들이 작품으로 형상화했다. 시든, 소설이든, 그림이
든, 음악이든 그 작품들은 문화 예술의 중요한 기능 가운
데 하나가 부조리한 현실을 고발하고 비판하는 일을 실
천하는 것이다. 이 시 역시 그러한 차원에서 세월호 비극
의 현장인 "팽목항"을 다루고 있다. "팽목항에 핀 동백은
동박새가 없어 목을 꺾지를 않지요"라는 시구는 그곳의
비극을 묘사한다. 시인은 300여 명의 어린 목숨들이 무
참히 사라진 비극의 현장은 "목울대가 타서 없어지고/
그믐밤마다 천도제를 드려도 공이 묻히는 곳"이 되어버
렸다고 고발한다. 너무도 비극적이어서 "동박새"마저 울
수가 없는 "동티 난 팽목항"의 분위기를 전하고 있는 것
이다. 심지어는 "약사여래는 멋모르고 지나다가 소매 깃
이/ 다 젖었"다고까지 노래한다. 중생의 질병을 고쳐주

는 부처인 "약사여래"마저 이 비극을 슬퍼하고 있다. 그곳에서 크나큰 슬픔에 동동거리거나 서성거리는 사람들에게 "도다리 쑥국 한 그릇이/ 애도의 아침상의 전부"인 현실은 그 비극을 더 처연하게 한다. 간혹 전해지는 "신발 두어 켤레 형제 자매되어 건져지는" 소식에 "나비 몇 첨 꽃처럼/ 벙긋거리며 웃"을 뿐이다. "팽목항"은 결국 비극적인, 너무도 비극적인 현장으로서 생명의 소리가 사라지고 슬픔과 "애도"의 "꽃"만이 피어나 있는 곳이다.

세월호의 비극은 너무도 깊고 커서 단시일 내에 망각되거나 극복할 수 있는 일이 아니다. 그것은 시간이 지나도 우리 사회 구성원들에게 집단적 트라우마를 형성하면서 진하고 기나긴 슬픔으로 남을 수밖에 없다. 그래서 시인은 "가끔 하늘을 향해 노려보는 새들이 산다"(「팽목항을 끼고 우회전」 부분)는 "팽목항"을 찾아간다.

발등에 잠긴 티눈이 돌에 핀 꽃 같습니다 퇴화를 거듭하는 팽목항 나비로 사는 풍장 치른 아이들이 머문 허공에 한 폭의 초충도를 그리고 있습니다 사람들은 아직도 정직하지 않은지 허공을 밟고 밤이면 달빛과 함께 내리는 이슬 속으로 숨어 해뜨면 사그라지며 매일 서럽습니다
　　―「풍장 치른 팽목항 나비」 전문

바람개비를 보면 휠체어를 버리고 뛰고 싶습니다

팽목항에 살고 있는 바람은
입술을 깨물고 허공을 지치지 않고

가슴을 쓸어안고 온기를 찾는 부모들의 눈길에는
어머님의 등이 보였습니다
행성처럼 자신을 태워 활활 타오르는
그리움이 있었습니다

분노의 발화점이 있었습니다
   ―「팽목항을 떠나지 못하는 사람들」 전문

　앞의 시는 "팽목항 나비로 사는 풍장 치른 아이들이
머문" 곳이 "허공"이고, 그곳에 "초충도를 그리고 있"다
고 한다. 억울한 죽음을 당한 "아이들"의 영혼이 제대로
위로받지 못하여 아직도 구천을 떠도는 듯한 모습을 그
리고 있다. "아이들"은 그 비극을 만든 "사람들이 아직도
정직하지 않"아서 더욱 "서럽"고 말할 수밖에 없다. 일반
적으로 비극을 극복하는 일은 그 원인을 정확히 밝히고
원인 제공자들의 참회에서 시작되는 것인데, 세월호의
비극은 아직 진상 규명도 완전하게 이루지 못한 오늘의
현실을 비판하고 있다. 뒤의 시는 어린 아이들을 잃은

"부모들"의 "자신을 태워 활활 타오르는 그리움"을 노래하고 있다. 이 극단적인 그리움을 보면서 시인은 "바람개비를 보면 휠체어를 버리고 뛰고 싶습니다"라고 고백한다. 이 대목은 "팽목항"의 비극에 대한 시인의 답답함과 울분의 감정을 드러내고 있다. 세월호의 비극은 생각하면 생각할수록 "분노"하게 하는 "분노의 발화점"이라고 보고 있는 것이다.

세월호의 비극은 "분노의 발화점"일 뿐만 아니라 우리 사회가 지닌 비정상의 정상화를 위한 계기가 되기도 했다. 지지난 해와 지난해에 걸쳐 전국 각지에서 벌어졌던 "촛불" 집회는 세월호의 비극이 "발화점" 역할을 하면서 우리 사회가 크게 변하는 계기가 되었다.

광화문에서 어둠이 출렁거릴 때 고깃배처럼 점멸하며
촛불이 밝혀지던 날, 진실은 "참의 얼굴"은
슬프다는 것을 배웠습니다

무리지어야 슬픔이 덜하다는 것도 알았고 '거짓'은
꽃이 되어 필 수 없다는 것도 알았습니다
　　—「가족이 삼삼오오 광장으로 모이고」 전문

이 시는 한동안 "광화문"을 달구었던 "촛불" 집회의 의의와 가치에 대해 노래하고 있다. "촛불" 집회는 박근

혜 대통령 퇴진 운동을 일컫는 것이었지만, 결과적으로
우리 사회의 빠르고 전면적인 변화를 이끌어냈다는 점에
서 '촛불 혁명'이라고 명명되기도 했다. 이미 잘 알려진
대로, 서울뿐만 아니라 전국 각지에서 많은 인원이 운집
하여 열린 이 집회에서 국민들은 나라다운 나라를 외치
며 부패한 정권을 퇴진시키는 데 결정적인 역할을 했다.
박재홍 시인은 이 일을 통해 "촛불이 밝혀지던 날, 진실
은 '참의 얼굴'은/ 슬프다는 것을 배웠다"고 한다. "진실
은 슬프다고 말하는 이유는 우리 사회에서 그동안 "진실
"이 항상 가려지고 은폐되어 왔게 때문이다. 우리 사회
는 항상 진실과 정의보다는 "거짓"과 위선이 활개를 치
는 곳이었다. 그러나 "거짓은/ 꽃이 되어 필 수 없다는
것도 알았"다는 사실이 중요하다. 사필귀정(事必歸正)이
라는 말이 있듯이, 모든 일은 결국 옳고 진실한 상태로
돌아가기 마련인 셈이다. 이 시에서 "꽃"은 이처럼 진실
이나 정의의 표상으로 등장했다고 볼 수 있다.

한편 박재홍 시인은 오늘날 우리 사회의 가장 심각한
문제에 속하는 반생태적 현실에 대한 비판을 하기도 한
다. 문명이라는 이름으로 자연의 원리에 반하는 삶을 살
아가는 사람들에 대한 부정적 인식을 드러내고 있는 것
이다.

뽑아서 아무데나 버려두어도 살아날 겁니다 나의 사랑은

산과 들 어디서든지 한달음에 피는

　지천의 이름 없는 꽃으로 살지요 뿌리는 이미 시들어 물기를 잃었고, 가끔 상처 난 옹이에 새순이 아까워 나물로 보시하는 날이면 불콰한 노을에 산능선을 바라보며 막걸리 한잔에 걸걸한 농 한 소절이면 거저 천국이라고 여겼지요

　돈이 좋아 떠난 친구들을 위해 부르는 욕은 판소리 한 대목보다 찰지고 천지에 가득한

　진저리나도록 서러운 꽃을 피우고자 철사로 형태를 잡아가기를 수십 년 값은 고통을 즐기는

　놈들의 눈에 매겨집니다
　―「분재」 전문

　어느 천년에 짊어진 짐을 부릴지 모르지만 계족산에 꺼진 산불처럼 마음이 그러할 때

　유성 두드림 공연장 옆을 휠체어로 지나친다

　생기 없는 꽃들이 매일 소독을 받고 인공감미료 같은

　물에 얼굴을 씻기어야 비로소 무리지어 바람을 지치고

　나도 모르게 슬픈 화장을 하고 나도 넌출거린다
　―「조경」 전문

앞의 시는 획일적이고 수동적인 삶을 강요하는 사회에 대한 비판의식을 드러낸다. 이 시에는 두 가지 "꽃"이 등장하는데, "이름 없는 꽃"과 "생기 없는 꽃"이 그것이다. 전자는 "산과 들 어디에서든지 한달음에 피는" 건강한 자연의 삶을 표상하는 반면에 후자는 "돈을 찾아 떠난 친구들"의 인공적인 삶을 표상한다. 시의 대상인 "분재"는 그러한 후자의 삶을 표상한다. 뒤의 시는 순수한 아름다움을 상실한 인공 자연을 문제 삼는다. "유성 두드린 공연장" 주변의 인공적인 "조경"에 의해 만들어진 "생기 없는 꽃들"이 그것이다. 그 "꽃들"은 "매일 소독을 받고 인공감미료 같은/ 물"에 의지해 살아가면서 건강한 생명력을 상실한 존재이다. 더욱이 "나"도 거기에 동화되어 "슬픈 화장을 하고" 있다는 사실에 대한 자아비판을 하고 있다. 오늘날 첨단의 문명 사회에서는 도시의 곳곳에 인위적인 "분재"나 인공적인 "조경"을 통해 자연 아닌 자연, 즉 사이비 자연을 만들어 놓고 자랑하고 있다. 그러나 사이비는 사이비일 뿐이다. 건강한 자연 생태계의 이치를 무시하는 이러한 행위들에 대한 시인의 반성적 성찰은 생태적 인식 차원에서 매우 소중하다.

현재 우리 사회를 건강하지 못하게 만드는 또 하나의 핵심적 요소는 상업 자본주의의 문제이다. 정보화 시대와 후기 자본주의 사회에 물든 우리 사회는 과거의 자본주의보다 더욱 치밀하게 부의 불균형과 자본의 편중 현상을 만들어 내고 있다. 특정한 국가, 특정한 계층에 부를 독점하면서 대다수의 사람들에게 허탈감과 박탈감을 안겨주고 있다.

유년은 충매화 같아서 벌레들을 불러들여 꽃가루를 잔뜩 나누어
날려 보낸다 꿀샘이 깊을 것 같다는 생각이 들었다

나는 장애를 앓고 더펄새처럼 사랑에 대하여 며칠 굶고 갈고리 모양의 부리로
물고기를 채면 놓아주지 않는 것처럼 집착하였다

더불어 먹이를 통째로 삼키는 습성 때문에 혀가 퇴화해 없고 콧구멍이 없어
잠수를 오래한다 결국 나르시즘이 강하여 사랑에 서툴렀다

나는 자본주의의 가마우지다 손금처럼 숨겨진 현실을 보면 그다지
낯설지 않는 것이 숨은 가마우지 낚시를 보는 것 같아 서글프다

"자본주의는 정치인들을 고용해 잠언 같은 행위의 시를

만들 수 있을까?" 라고 묻고 있다
　　—「반추하여 돌이키는 자본주의의 습벽」 전문

　이 시는 "충매화(蟲媒花)"를 인식의 기준점으로 삼고 있
다. 곤충의 도움으로 꽃가루가 운반되는 꽃을 일컫는
"충매화"는 "꽃가루를 잔뜩 나누어" 주는 이타적인 존재
를 상징한다. 그러나 그에 비해 "나"는 이미 자본주의 메
커니즘에 복속된 존재로서 "물고기를 채면 좋아주지 않
는" 습성을 지닌 "더펄새처럼" 이기적인 "나르시즘"의
존재가 되어 버렸다. 그래서 남에게 무엇인가를 베풀어
주는 "사랑에 서툴렀다"면서 "나는 자본주의의 가마우지
다"라고 고백을 하는 것이다. "나"뿐만이 아니라 "현실
을 보면" 온통 착취의 메커니즘(가마우지가 잡은 물고기를 주
인이 취한다)으로 움직이는 "가마우지 낚시"터라는 생각이
든다. 사정이 이러하니 "자본주의는 정치인들을 고용해
잠언 같은 행위의 시를 만들 수 있을까?"라고 반어적으
로 묻는 것이다. 물론 오늘날 "정치인들"은 대부분 "자본
주의"와 결탁해 있는 존재들이므로, "자본주의"와 가장
무관한 "시"를 지을 수 없을 것이다. 따라서 시인은 "황
매화"같이 반자본주의적이고 이타적인 세상에 대한 염
원을 하고 있는 셈이다.

4. 시서화의 원융을 위해

이 시집은 자아 성찰로부터 시작하여 가족 공동체의 소중한 가치를 인식하는 시편들로 구성되어 있다. 박재홍 시인은 자신의 장애를 장애로 여기지 않고 그것을 시적 승화의 모멘텀으로 삼을 줄 아는 지혜로운 사람이다. 소외 계층을 위한 복지 시스템이 잘 갖추어지지 못한 우리 사회에서 소수자로 살아간다는 것은 보통 어려운 일이 아니다. 우리나라의 소수자들은 그러한 사회적 상황을 원망하면서 절망감에 빠져서 살아가고 있다. 그러나 박재홍 시인은 시라는 영혼의 배를 타고 편견과 질시의 거친 물결을 헤쳐 나간다. 때로는 농을 치면서 때로는 술기운에 기대어 때로는 사랑을 노래하면서 능수능란하게 헤쳐 나간다. 그의 시를 읽다보면 그는 의지가 아주 강한 사람이라는 것을 금세 알아차릴 수 있다. 다른 한편으로 이 시집은 이러한 자아와 가족에 대한 인식을 바탕으로 사회적 상상력의 차원도 다양하게 보여주었다. 특히 세월호의 비극과 관련된 시편들은 인간의 존엄성과 국가의 의미에 대한 근본적인 질문을 던져주고 있다. 오늘날 첨단 문명 사회가 지닌 반생태적인 현실에 대한 비판과 후기 자본주의 사회에 대한 비판적 인식도 또렷하다. 이 시집을 보건대, 박재홍 시인은 개인적 상상력과 사회적 상상력을 고루 갖춘 시인이라고 할 수 있다.

한 가지 더 우리가 기억해야 할 것은 박재홍 시인의 시에는 다양한 형태의 예술 장르들이 등장한다는 사실이다. 그의 시에는 그림, 음악, 목각 등의 예술 작품들이 빈도 높게 나타난다. 그런데 그것들이 단지 시적 소재 차원으로만 등장하지 않는다. 그것들은 시인 자신이 실제로 경험한 예술 체험의 다양성을 의미하는 것으로서 시를 쓰는 데 자양분 역할을 하고 있다. 다시 말하면 박재홍 시인의 시에는 다양한 예술 체험이 녹아들어 있어서 엔터테인먼트적인 속성이 내재한다. '오헌(梧軒)'이라는 호를 가진 그는 실제로 시서화(詩書畵)에 모두 능한 것으로 알려져 있는데, 아래의 시는 그러한 사정을 구체적으로 뒷받침해준다.

　내가 집 한 채 지고 사는데 '오헌시서화루'에 다 담겨져 있으니
　궁극에 빚어진 것이 天地人 三才(천지인 삼재)의 농사다

　불운한 시절의 삶이 찬란한 봄을 외면하고 살았고,
　墨緣이 가져다 준 신의 선물이 전부였다

　가끔 슬픔에 잊혀지는 것들이 있으면 돌에 각을 하여 마음에 새겼고
　포대화상처럼 희쭉거리며 병신처럼 꽃인지 시인지 모르

고 전할 때가

　가끔 있는데 사람들은 그것을 가슴이 먹먹해 지는 것이라 해서

　미안할 때가 많다 삶이 그러했기 때문에

　그러하듯이 나로서도 그러한 것을 막걸리 한 병에 노을이 붉게

　타오르는 것처럼 온몸을 불사를 때가 없어서 그런 것이것만 참 할 말이 없다.

　—「梧軒詩書畫樓」전문

　이 시는 시인이 "시서화"와 함께 살아가는 소회를 적고 있다. 과거에는 문인화의 전통에서 보듯이 시(詩)와 글씨(書)와 그림(畫)이 일체적인 것이었지만, 오늘날에는 이들 세 가지가 각각의 예술 장르로 분화되었다. 그러나 요즈음 문화 예술을 비롯한 사회 현상 속에서 다시 통합적, 융·복합적 사유나 방식이 중시되고 있다. 이질적인 것들의 물리적, 화학적 조합을 통해서 창조적 시너지 효과를 추구하는 것이다. 요즈음은 단일한 재능을 가진 예술가보다는 다양한 재능을 함께 갖춘 엔터테이너가 환영을 받는 시대라고 할 수 있다. 이 시에서 시인이 "黑綠이 가져다 준 신의 선물"과 함께 사는 일이나 "슬픔에 잊혀지는 것들"을 위해 "골에 각을 하"는 일, "꽃인지 시인지 모르고 전하"는 일을 모두 수행할 수 있다는 것은 환영

받을 일이다. 시인이 지닌 이와 같은 엔터테이너의 기질은 "궁극에 빚어진 것은 天地人 三才의 농사"라는 인식과도 상통한다. 성리학에서 우주의 원리라고 일컬어지는 "三才"의 원리는 세상을 보는 통합적인 사유와 관계가 깊다. 시서화의 재주를 모두 지닌 시인이 통합적 사유를 한다는 것은 원융(圓融)의 예술 세계를 구축하는 일과 다르지 않다. 박재홍 시인의 시 쓰기는 이러한 원융의 시학을 실천하는 일이라 할 수 있다.